Ja Saf

Der Geschmack der Frauen

Nelly

Unverschämt

Nestbeschmutzer

–

Was Frau benutzt und Mann beschmutzt

Herstellung und Verlag:
BoD - Books on Demand, Norderstedt
ISBN 978-3-7386-5987-0

03. 05. 2011 10:14: Joe:

Hallo Nelly.

Danke für Deine Nummer und das Foto von Dir. Ich freue mich, Dich am Freitag zu treffen.

LG Joe

03. 05. 2011 12:18: Nelly:

Lieber Joe.

Danke für Deine Nachricht- ich freue mich auch LG Nelly

...Eintrag aus Joes privatem Sexkalender für den 04.05.2012, 19-23 Uhr: Nelly einsammeln zum anregenden Date im Cafe...

05. 05. 2010 00:07: Nelly:

Huhu bin gut gelandet...lach...danke noch mal für den schönen Abend- Schlaf schön LG Nelly.

05.05.2012   00.08: Joe:

Du auch. Gute Nacht.

...

07.05.2012 15:42: Nelly:

Hallo Joe- habe heute nachgesehen- die Veranstaltung am Mittwoch dauert bis ca. 15.00 Uhr LG Nelly

07.05.2012 15:43: Joe:

Prima dann können wir uns ja gegen 15 Uhr dort vor Ort am Ausgang treffen. LG Joe

07. 05. 2011 16:11:Nelly:

Ja ich freue mich- sollte ich Dich nicht finden- hoffe ich du sammelst mich wieder unterwegs ein- schmunzel- LG

... Eintrag aus Joes privatem Sexkalender für den 09.05.2012, 15-18 Uhr: Nelly abholen zum lecker Eis im Cafe...Nächstes Mal treffen wir uns bei Ihr...es hat schon heute ganz schön geknistert...

22. 05. 2011 17:20: Joe:

Ich fahre jetzt gleich los. LG

22.05.2012   17:21: Nelly:

Ja ich freue mich- schmunzel- LG

...XX...XX...XX...

Eintrag aus Joes privatem Sexkalender für den 22.05.2012, 18-07 Uhr: geiles Fummeln bei ihr am Strand...dann heißer

und feuchter Sex die ganze Nacht durch in ihrem breiten Luxusbett

...XX...XX...XX...

25 . 05 . 2010 6.30: Joe:

Guten Morgen. Ich wünsche Dir sonnige Pfingsten. (Wow. Ich muss immer wieder an die heiße Fummelei am Strand und den geilen Fick in Deinem Bett denken.) Bis Montag Abend bei Dir. Liebe Grüße Joe

...

28.05.2012   08.17: Nelly:

Guten morgen - habe heute keine Zeit für dich – Nelly

28.05.2012   08.18: Joe:

Ok. Da kann ich mir mit meiner Heimreise heute ja Zeit nehmen. Ich hoffe, es geht Dir gut ? Auch bei dem Gedanken an mich/uns? LG Joe

28.05.2012   09.26: Nelly:

Na wenn ich an Deine ordinäre SMS vom Donnerstag denke - nicht mehr!!!

28.05.2012   09.28: Joe:

Bitte entschuldige. Deine Gefühle wollte ich damit nicht verletzen.

28.05.2012 16.52: Joe:

Bin wieder gut zuhause angekommen. Möchte Dich gern sehen. Gern mit Dir reden.

29.05.2012 00.21: Joe:

Liebe Nelly. Es tut mir leid, dass ich mit meiner Ausdrucksweise für Dich zu ordinär bin. Ich wollte damit einzig und allein meine Begeisterung für unsere letzte Begegnung zum Ausdruck bringen. Ordinär und verrucht zu sein soll dich keineswegs beleidigen oder verletzen. Gute Nacht. Joe

...Anruf am 30.05.2012... Verabredung für den 08.06.2012 bei ihr...

06. 06. 2011 16.07: Joe:

Alles ok bei Dir ?

06.06.2012 16.08: Nelly:

Ja danke - alles im grünen Bereich. Am Freitag fahre ich wahrscheinlich weg - also wird das nichts - .... Nelly

06.06.2012 16.09: Joe:

Sag mal ...ist mit uns für Dich noch alles im grünen Bereich oder magst mich lieber nicht mehr sehen...Joe

06.06.2012 17.32: Nelly:

Ja es ist wohl besser wenn wir es lassen - die SMS von dir hat wohl dem allem einen " schmutzigen " Anstrich gegeben - ich kann mit solch einem ordinären Umgang einfach nicht leben - tut mir leid es ist eben so! Ich habe versucht es wegzustecken .... Nelly

06.06.2012 19.40: Nelly:

.....um es noch mal auf den Punkt zu bringen - ich fühle mich beschmutzt

06.06.2012 19.42: Joe:

Du warst es aber auch die genauso mit mir schlafen wollte , wie ich mit Dir. Du wolltest es und hast mir auch gesagt und gezeigt wie...ich habe es dann in der SMS einfach noch mal , wenn auch mit dem derben oder auch ordinären Wort "ficken" zum Ausdruck gebracht. Das Wort "geil" hast Du ja selbst auch verwendet...vielleicht hattest Du ja bereits schon am nächsten Morgen das Gefühl, du hättest nicht mit mir schlafen sollen. Nun ist es geschehen und ich für meinen Teil fand es sehr schön.

06.06.2012 20.37: Nelly:

..... ja und irgendwie passt deine Ausdrucksweise ! meiner Meinung nach auch nicht zu Deinem Berufsbild - wahrscheinlich hat mich auch das entsetzt...Nelly

06.06.2012 22.01: Joe:

...hast Du einen unfehlbaren Menschen erwartet...Ich bin es nicht. Ich bitte Dich, mir zu verzeihen, dass ich Dich und Deine Gefühle beschmutzt habe.

06.06.2012 22.02: Nelly:

Unfehlbar sicherlich nicht, aber vielleicht mehr Sensibilität und Empathie .... wie man es eben von einem " Gebildeten " erwartet

06.06.2012 22.18: Joe:

Ok. Ich werde mich bemühen und da weiter an mir arbeiten. Danke für Deine klaren und offenen Worte.

06.06.2012 23.01: Joe:

Für Dich wäre es vielleicht interessant und aufschlussreich herauszufinden, warum Du so reagiert und gefühlt hast....Jetzt aber: Gute Nacht. LG Joe

07.06.2012 19.51: Joe:

Hallo Nelly. Ich möchte Dir alles Gute für Deine Zukunft wünschen. Ich freue mich, Dich kennen gelernt zu haben. Liebe Grüße Joe

07.06.2012 20.11: Nelly:

Ja ich wünsche Dir auch alles Liebe.... und der Anfang war ja auch ganz nett LG Nelly

...Anruf von Nelly am Freitag den 13.07.2012...Verabredung zum Neubeginn für den 14.07.

... Eintrag aus Joes privatem Sexkalender für den 14.07.2012, 18-22 Uhr: Mit Nelly beim Griechen fein und elegant essen gehen...keine sexuelle Annäherung...es knistert aber ich halte mich zurück

... Eintrag aus Joes privatem Sexkalender für den 24.07.2012, 19-23 Uhr: Mit Nelly vor meinem mehrwöchigen Sommereinsatz an der See bei ihrem Edelitaliener essen gehen...ich lasse sie erneut schmoren...obwohl ich spüre, wie sehr sie möchte, dass ich über Nacht bei ihr bleibe...

19.08.2012 17.21: Nelly:

Huhu lieber Joe bin nach einer superanstrengenden Fahrt - Stau - Stau - Stau - hier heile am Urlaubsort gelandet , also geht es mir und Püppi gut. Haben heute schon eine 6-stündige Wanderung hinter uns - bin jetzt total breit - Püppi allerdings auch :-) hoffe bei dir ist auch alles schön und hast den heißen Tag heute gut überstanden . Lg Nelly

19.08.2012 17.38: Joe:

Da bin ich ja beruhigt. Dir eine schöne erholsame Zeit. Hier an der See geht ja immer ein angenehmes Lüftchen . LG Joe

... Eintrag aus Joes privatem Sexkalender für den 09.09.2012, 10-16 Uhr: Nelly beim Outlet-Shoppen begleitet...diesmal bereitet es ihr Vergnügen, mich an der Stange hinzuhalten...so ein Luder...P.S. Sie hat mir gestanden, dass sie unglücklich verliebt ist...in einen verheirateten Mann

...

...

Per Whatsapp:

31.12.12 11:33:43: Joe: Hallo Nelly. Ich danke Dir für die schönen gemeinsamen Stunden in diesem Jahr, auch für die "Besonderen". Rutsch gut rein in 2013.

31.12.12 11:39:57: Nelly: Ja lieber Joe ich wünsche Dir für 2013 auch alles Liebe - drücke dich Nelly

... Eintrag aus Joes privatem Sexkalender für den 01.01.2013, 18-21 Uhr: Wer hätte das gedacht...Prinzessin Nelly lädt zum Tanz in ihr Bett: Und wir haben nun doch wieder hemmungslos verrucht und einander verbal beschmutzend miteinander gefickt...P.S. Ab sofort bin ich ihr Love-Toy...benutzen und beschmutzen erlaubt...lach

12.01.13 13:05:26: Joe: Hallo Nelly. Sitze gerade mit der Familie meiner Schwester in deinem Edelitaliener. Ihre Geburtstagsfeier. Liebe Grüße schickt Dir Joe

12.01.13 13:23:01: Nelly: Na dann viel Spaß euch - drücke dich - Nelly

...

06.04.13 16:04:52: Nelly: Hier mal ein paar Bilder aus meiner Traumstadt New York.

...

17.05.13 20:26:43: Nelly: Huhu...ich wünsche Dir schöne Pfingsten. Hoffe es geht Dir gut?

19.05.13 08:02:07: Joe: Ja mir geht es gut. Werde im Sommer wieder im Einsatz an der See sein...diesmal Ostsee...alles Liebe wünscht Dir Joe

... **Eintrag aus Joes privatem Sexkalender für den 15.08.- 18.08.2013: Sexspiele mit Nelly an der Ostsee...nach ihrem Anruf, ob sie mich spontan besuchen kommen kann...haben wir mein Apartment und den Ostseestrand zur Spielwiese unserer Lüste verwandelt und es miteinander getrieben bis wir atemlos in die Laken oder die Wellen des Meeres geglitten sind**

18.08.2013 20.08: Nelly:

Hallo Joe nun bin ich endlich heile zu Hause gelandet und bin breit. LG und Schlaf schön

...

Entgangener Anruf:

+495678666666

am 23.08. um 20:40 Uhr

26.08.2013 19.30: Nelly:

Jetzt spontan bei mir - an der Aue 69 ???

26.08.2013 19.32: Joe:

Jepp. Bis gleich.

... Eintrag aus Joes privatem Sexkalender für den 26.08.2013, 21-08 Uhr: Nelly durch die Nacht gevögelt... laut und lustvoll befriedigt

28.08.2013 18.05: Nelly:

Hallo Joe sind gut auf dem Schiff angekommen und laufen jetzt gerade bei strahlendem Sonnenschein aus... drücke Dich lieb

28.08.2013 19.02: Joe:

Ahoi und gute Reise.

01.09.2013 19.02: Nelly:

Hallo :-) sind jetzt in Hamburg . Melde mich heute Abend... Nelly

01.09.2013 19.03: Joe:

Supi

... Eintrag aus Joes privatem Sexkalender für den 03.09.2013, 20-07 Uhr: Nelly genießt es ihren Loveboy zu benutzen...und ich genieße es auch...lach

06.09.13 11:03:43: Joe: Ich hab was für uns gefunden...ein kleines feines Waldhotel

... Eintrag aus Joes privatem Sexkalender für den 07.09.2013, 20-23 Uhr: Nelly genießt es ihren Loveboy zu benutzen...und ich genieße es auch...lach...abgeritten und leergesaugt

... Eintrag aus Joes privatem Sexkalender für den 15.09.2013, 20-23 Uhr: Nelly genießt es ihren Loveboy zu benutzen...und ich genieße es auch...lach...ausgeleckt und durchgevögelt

... Eintrag aus Joes privatem Sexkalender für den 24.09.2013, 20-23 Uhr: Nelly genießt es ihren Loveboy zu benutzen...und ich genieße es auch...lach...sie schmeckt einfach lecker, wenn sie so richtig schön nass ist

27.09.13 17:01:27: Joe: Dir ein schönes Wochenende. Sonntag geht's ja nach Berlin. Freue mich schon auf unseren Trip Richtung Stuttgart. Habe gerade festgestellt, dass ich am So den 6.10. ein Seminar durchführen werde. Hatte dies fast verschwitzt. Bedeutet, wir müssten Sa Abend/Nacht wieder zurück sein...heißt von mir aus könnten wir auch Mi schon hinfahren, um drei Nächte zu haben...ansonsten wären es dann halt nur zwei...was denkst Du ...wird das gehen?

27.09.13 20:07:57: Nelly: Sieh mal rein " Hotel Fürstenhof " und sag mal was dazu

27.09.13 22:02:03: Joe: Ja super. Ist ok für 3 Nächte...gefällt mir. Und bis zum Outlet sind es auch nur 10 min...zwinker

30.09.13 17:22:48: Joe: Na wie ist der Stand der Dinge ?

... Eintrag aus Joes privatem Sexkalender für den 01.10.2013, 20-23 Uhr: Nelly genießt es ihren Loveboy zu benutzen...und ich genieße es auch...lach...nun kann sie sich ganz fallen lassen und beginnt geil zu squirten...ich liebe es...so soll es sein...lach

... Eintrag aus Joes privatem Sexkalender für den 04.10.2013, 20-23 Uhr: Nelly genießt es ihren Loveboy zu benutzen...und ich genieße es auch...lach...nun kann sie sich voll fallen lassen und will es... geil squirten und mich und ihr Luxusbett so richtig nass spritzen...oh jaaa...genauso...lach

05.10.13 13:15:15: Nelly: Fahre jetzt los.

05.10.13 13:18:01: Joe: Supi. Bin schon da.

... Eintrag aus Joes privatem Sexkalender für den 05.10.2013, 13-21 Uhr: Nelly genießt es ihren Loveboy heute mal nicht sexuell zu benutzen...sondern ihre Einkauftüten nach einem Shopping-Rausch im Outletcenter tragen zu lassen...ich habe mein Vergnügen dabei, sie in den Umkleidekabinen lüstern zu machen...

08.10.13 08:39:07: Joe: Dir einen guten Start in den neuen Tag.

08.10.13 09:08:07: Nelly: Dito

... Eintrag aus Joes privatem Sexkalender für den 08.10.2013, 20-23 Uhr: Nelly genießt es ihren Loveboy zu benutzen...und ich genieße es auch...lach...sie hat erneut wieder reichlich abgespritzt, nachdem ich ihre gierige Auster langsam und genüsslich mit Lippen, Zunge und Fingern bereitet und zwischendurch mit meinem Schwanz Stück für Stück tiefer gedehnt und ausgefüllt habe, so das ihr ganzer Körper vor Lust erzitterte und sie mir ihren heißen Saft stoßweise voll ins Gesicht und über meine Finger zu spritzen begann...

11.10.13 10:36:06: Joe: Sehen wir uns am Wochenende? Morgen oder Sonntag Abend?

11.10.13 15:01:00: Nelly: Schwierig - weiß noch nicht - meld mich heute Abend noch mal

11.10.13 15:09:54: Joe: Ok. Ja heute Abend wäre auch nicht schlecht.

11.10.13 17:56:17: Joe: Na wie sieht es bei Dir aus?

11.10.13 18:13:34: Nelly: Der Tischler ist noch da.... melde mich später.

11.10.13 18:14:17: Nelly: Du hattest es glaube ich verkehrt verstanden - wollte mich heute nur melden.

11.10.13 18:15:22: Nelly: Muss morgen mal ins Center - wenn Du Zeit und Lust hast können wir uns dort treffen. Muss da nur schnell was besorgen

11.10.13 18:18:00: Joe: Wann willst du denn dort hin ?

11.10.13 18:19:19: Nelly: Na vielleicht so ca. 17.30 Uhr

11.10.13 18:23:55: Joe: Eher ungünstig für mich...später Vormittag wäre gut gewesen...besonders für ein anschließendes Schäferstündchen bei mir...

11.10.13 18:25:48: Nelly: .....von Schäferstündchen war hier nicht die Rede... habe tagsüber zu tun

11.10.13 18:26:40: Joe: Verstehe...zwinker

11.10.13 18:28:49: Joe: Dafür gibt es ja die spätabendlichen konspirativen Treffen in deinem Schlafzimmer...lächel

11.10.13 18:30:05: Nelly: Na nun ist mal gut...Ich weiß nicht was Du meinst...Irgendwie ist das schon wieder eklig

11.10.13 18:31:53: Joe (oh die Princess kommt wieder mal durch): Ein Spaß...

11.10.13 18:32:58: Nelly: Na ja da ist wohl mein Spaßlevel nicht so hoch wie deiner

11.10.13 18:33:04: Joe: Merk schon...Na nichts für ungut...

11.10.13 18:46:07: Nelly: Na ja dann hören wir uns evtl. nächste Woche - wünsche Dir ein schönes Wochenende

11.10.13 18:46:23: Joe: Ich Dir auch.

13.10.13 18:45:00: Joe: Hoffe du hattest ein erholsames Wochenende. Starte gut in die neue Woche.

13.10.13 20:05:56: Nelly: Dito

...

18.10.13 13:17:51: Joe: Schönes We Dir...

18.10.13 14:26:15: Nelly: Dito

...

21.10.13 17:33:15: Joe: Hallochen. Dir einen schönen Nachmittag.

21.10.13 17:35:48: Nelly: Danke- ja ich mache mich bald zum Sport und dann ist der Tag auch gelaufen

21.10.13 17:35:54: Joe: Na da viel Vergnügen Dir.

21.10.13 21:54:06: Nelly: Danke

21.10.13 22:03:19: Joe: Gute Nacht

... Eintrag aus Joes privatem Sexkalender für den 25.10.-27.10.2013: Sexspiele mit Nelly in der Saunaoase eines Hotels...nach ihrem Anruf, ob ich mit ihr spontan verreisen kann...haben wir das Hotelzimmer und die Sauna gerockt und es miteinander getrieben bis wir atemlos und heiß-nass dampfend nur noch unter eiskaltem Wasser unsere erhitzten Leiber vor dem Hitzetod bewahren konnten...P.S. Ich liebe spontane Versöhnungspartys dieser Art...gerne wieder...lach

27.10.13 12:19:07: Nelly: Huhu du bist bestimmt grad noch im Auto und hast das nicht gehört. Ruf mal bitte zurück Nelly

... Eintrag aus Joes privatem Sexkalender für den 27.10.-28.10.2013: Fortsetzung dieser geilen Sexspiele mit Nelly bei ihr Zuhause...es ist einfach nur geil...haben unsere Unersättlichkeit genossen und einander in den 7. Himmel gevögelt...magische Momente...zeitlos...ewig

31.10.13 16:50:45: Nelly: Na sag mal bist du verschollen

31.10.13 20:56:27: Joe(**Gerade von Heidi !!! geritten**): Ich ruf gleich zurück

Mo, 28.	Di, 29.	Mi, 30.	Do, 31.	Fr, 1.

Nelly
In den 7 Himmel gevögelt

Bine N. verschoben

Heidi
Reiterorgie bei mir

Heidi
Reiterspiele

Colette
Geiler Squirt

0:00
1:00
2:00
3:00
4:00
5:00
6:00
7:00
8:00
9:00
10:00
11:00
12:00
13:00
14:00
15:00
16:00
17:00
18:00
19:00
20:00
21:00
22:00

03.11.2013   17.03: Nelly:

Lieber Joe - ich muss was dringendes erledigen und weiß nicht wie spät es wird . Melde mich morgen bei Dir

03.11.2013   17.13: Joe:

Ok. Bis morgen dann. Liebe Grüße schickt Dir Joe

04.11.13 10:48:00: Joe: Einen guten Start Dir in die neue Woche.

04.11.13 12:31:08: Nelly: Danke :-) meld mich heute Abend nach dem Sport

... Eintrag aus Joes privatem Sexkalender für den 05.11.2013, 21-06 Uhr: Nelly genießt es ihren Loveboy zu benutzen...und ich genieße es auch...lach...sie hat es wieder getan→ reichlich abgespritzt, nachdem ich ihre gierigen Löcher langsam und genüsslich mit Lippen, Zunge und Fingern bereitet und zwischendurch mit meinem Schwanz besonders ihr enges Arschloch Stück für Stück tiefer gedehnt und ausgefüllt habe, so das ihr ganzer Körper vor Lust erzitterte und sie ihren heißen Saft begleitet von einem gewaltigen Orgasmus einfach nur noch rausspritzen konnte...

09.11.13 17:12:55: Nelly: Huhu...was denkst du morgen mit der Zeit - 19.00 Uhr ?!

09.11.13 17:13:34: Joe(**Supi...im Kalender ist noch Platz für Dich !!!**): Ja 19 Uhr ist prima.

< 04. – 10.11.2013 >

Mi, 6.	Do, 7.	Fr, 8.	Sa, 9.	So, 10.

Nelly
Gewaltiger Orgasmus

Maria
Tief geblasen

Colette
Feucht und so am spritzen

Polyamorie
Treffen Gleichgesinnter und
Interessierter

Nelly
Zweimal heftig ge

Nelly
Gewaltiger Orgasmus

... Eintrag aus Joes privatem Sexkalender für den 10.11.2013, 19-07 Uhr: Nelly genießt den Sex mit mir...und ich genieße es auch...lach...sie hat in dieser Nacht gleich zweimal heftig gesquirtet...

...Was für ein Glückspilz ich doch bin:

...Maria, Colette, Heidi und Nelly...vier echt geile Milfs

...so feucht und nass

...so herrlich hemmungslos

...die sich total fallen lassen können

...vier reife Squirt-Austern, die mir ihre Säfte nur so entgegenspritzen

...die meinen Schwanz lieben und hingebungsvoll saugen bis zum Anschlag

...ihn mit all ihren Lippen ausquetschen bis auch der letzte Tropfen Sperma heraus kommt

...mich mit ihren heißen Händen melken bis ich total leer bin

16.11.13 11:23:58: Nelly: Hallo Joe - das wird heute nichts - will meine Ruhe... unter Umständen morgen Abend, aber das werde ich sehen. Ich melde mich dann

16.11.13 11:27:23: Joe(**Etwas Erholung ist mir auch ganz recht**): Ok. Kein Problem.

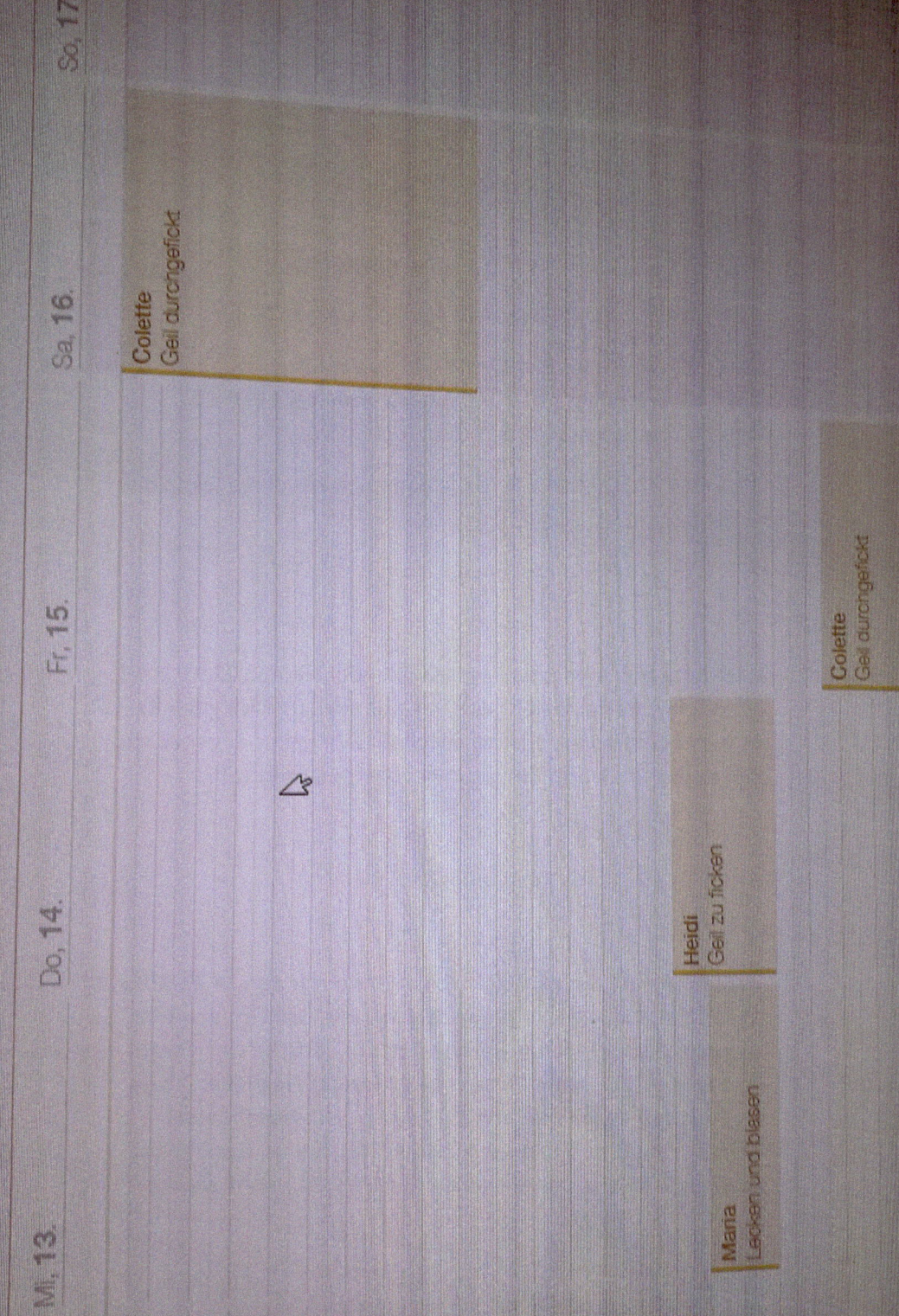

Mi, 13.	Do, 14.	Fr, 15.	Sa, 16.	So, 17

Colette
Geil durcngefickt

Heidi
Geil zu ficken

Colette
Geil durcngefickt

Maria
Lecken und blasen

...

...

21.11.13 17:08:00: Joe: So Abend wäre prima.

21.11.13 17:39:22: Nelly: Mir wäre es morgen lieber

21.11.13 17:48:38: Joe: Bin 19 Uhr zu einem Vortrag zum Thema Beziehungsstrukturen....wird wohl bis 21 Uhr dauern...danach wenn es nicht zu spät wird...

21.11.13 17:50:48: Nelly: Na ja dann bimmle durch wenn du fertig bist

22.11.13 22:08:26: Joe: Bin da

... Eintrag aus Joes privatem Sexkalender für den 22.11.2013, 22-06 Uhr: Nelly genießt den Sex mit mir...und ich genieße es auch...lach...heute ist es besonders ihr geiler enger Arsch, der auch mal richtig tief durchgevögelt werden will...

24.11.13 19:16:40: Joe: Da bin ich.

... Eintrag aus Joes privatem Sexkalender für den 24.11.2013, 19-07 Uhr: Nelly genießt den Sex mit mir...und ich genieße es auch...lach...diesmal benutze ich sie...drücke sie in den Türrahmen...zerreiße ihr teures schwarzes Negligee...ziehe ihren String durch ihre erregte Furche...schiebe ihr zwei meiner Finger in ihre engen Löcher...drücke ihr Gesicht auf meinen Schwanz...packe sie an den Haaren...ziehe sie vor ihren Spiegelschrank...presse ihre prallen Brüste an das kalte Glas...packe sie am Hals und drücke ihr mein steifes Glied immer weiter in ihre Rosette, die ich mit meinem Speichel aus meinem Mund befeuchte...werfe ihren nun bereiten heißen Leib aufs Bett...lecke ihre nasse feuchte Auster mit breiter Zunge großflächig durch...dringe mit meiner Nase in sie ein...beiße und ziehe genussvoll an ihrer Lustperle...lecke sie intensiv mit schneller spitzer Zunge...unterstützt von zwei bis drei Fingern, die tief in Anus und Vagina eindringen und beide massieren...bis sich alles bei ihr zusammenzieht...erzittert...pulsiert...und ich spüren kann, dass sie kurz davor ist mich voll zuspritzen...da höre ich abrupt auf...dringe tief mit meinem Penis in sie ein und beginne auf ihr zu kreisen...reiße ihre Oberschenkel weit auseinander...stoße sie...mal nur mit der Eichel...dann wieder tief reinziehend...genüsslich langsam und atemraubend schnell...und dann ist es soweit...sie spritzt in hohem Bogen...stoßweise...gegen meinen Bauch und meine Schenkel...mein Schwanz beginnt zu schwimmen...in ihrer nassen heißen Spalte...und auch ich bin soweit...voll und prall gefüllt aus den Eiern schießt nun mein Sperma durch mein Rohr...ich spüre es kommen...dringe bis zum Anschlag in sie ein und spritze alles in ihr geiles Loch...unsere Säfte vermengen sich und ich spüre, wie sie an ihren Schamlippen herausquellen, während sie mich kräftig pulsierend bis zum letzten Tropfen auspresst, wie eine Zitrone...wir lachen...erlöst und befriedigt und werfen uns zurück auf die Laken und sehen unsere glücklichen Gesichter in ihrem Spiegel an der Decke...

28.11.13 10:55:01: Joe: Guten Morgen Nelly. Ich kann Dich nicht nach Stuttgart begleiten. Schade. Na vielleicht wird dein Termin ja auch noch verschoben. Dann würde es ja umso besser passen. Wenn du Zeit hast ruf mich deswegen auch einfach noch mal zurück. Ansonsten freue ich mich, Dich am Sonntag Abend zu sehen. Liebe Grüße u einen erfolgreichen Tag wünscht Dir Joe

01.12.13 12:10:09: Nelly: Ruf mich mal bitte zurück ...

07.12.13 13:30:30: Nelly: Ich melde mich morgen - bin heute noch beruflich eingebunden (Weihnachtsfeier)

07.12.13 19:35:08: Joe: Ist gut. Bis Morgen. Ca ab 15 Uhr bin ich zuhause.

10.12.13 09:23:23: Joe: Guten Flug und einen erholsamen Urlaub Dir.

12.12.13 15:39:54: Nelly: Danke hat alles gut geklappt Uns geht es gut - die erste Tour mit dem Leihwagen hat auch gut geklappt

12.12.13 16:14:53: Nelly: Haben heute den 1. Tag Internet und immer nur 90 min. pro Tag

13.12.13 09:51:46: Joe: Ich wünsche euch viel Sonnenschein, Wärme und eine entspannte Zeit. Momentan ist es hier auch nicht allzu kalt, kein Schnee in Sicht.

15.12.13 19:50:37: Nelly: Huhu liebe Grüße aus Disneyworld...

16.12.13 12:25:12: Joe: Danke. Viel Spaß euch noch. Bis bald.

19.12.13 20:29:41: Nelly: Huhu ...leider geht es heute zurück - schade - in knapp 2 Stunden geht unser Flieger - bis dann

19.12.13 23:29:21: Joe: Guten Flug.

20.12.13 20:43:29: Nelly: Huhu wollte mich zurück melden - hab versucht Dich zu erreichen

20.12.13 21:30:34: Joe: Supi

20.12.13 21:35:44: Nelly: Meld mich gleich noch mal

20.12.13 21:36:43: Joe: Bin beim Tango...wir telefonieren morgen

21.12.13 10:24:35: Joe: Guten Morgen Nelly.

21.12.13 10:26:30: Nelly: Hallo

21.12.13 10:25:48: Joe: Telefonieren wir?

24.12.13 19:04:46: Joe: Liebe Nelly. Dir und Deiner Familie ein fröhliches Weihnachtsfest wünscht Joe

24.12.13 19:12:34: Joe: Bis übermorgen gegen 17 Uhr. Ich freu mich auf Dich.

24.12.13 19:23:33: Nelly: Dito

26.12.13 11:17:38: Nelly: Hallo...es geht erst 19.00 - meine Kinder sind noch da

26.12.13 11:17:28: Joe: Guten Morgen. Ok. Kein Problem bin 19 Uhr bei Dir.

26.12.13 15:31:41: Nelly: Joe wir müssen das auf morgen verschieben

26.12.13 15:37:43: Joe: Wie Du möchtest Nelly. **Ist mir auch recht.** Noch einen schönen Abend. Bis dahin.

< Dezember 2013 >

Mi	Do	Fr	Sa	So
27 • Maria	28 16:00 • Colette • Karla 20:30	29 14:00 • Karla 19:00	30	1
4 • Karla 19:00 • Maria 15:30	5	6 • Drea versetzt mich 15:00 • Colette 19:30	7	8
11	12 • Karla	13 • Karla 16:00	14 • Karla 17:00	15
18 14:00 • Mona	19 15:00 • Colette	20 • Betty 20:00	21 • Ex 12:00 • Karla 17:30	22
25 • Karla 15:00	26 • Colette	27	28 • Karla 20:00	29

01.01.14 20:10:43: Joe: Liebe Nelly. Ich wünsche Dir besonders ein erfolgreiches und glücklich-zufrieden erlebbares 2014. Liebe Grüße schickt Dir Joe

01.01.14 21:50:46: Nelly: Danke ich wünsche Dir auch alles Liebe - Silvester war sehr schön, aber anstrengend - muss jetzt schlafen Nelly

...

16.01.14 17:10:26: Joe: Liebe Nelly. Dir einen schönen Nachmittag. Sehen wir uns heute Abend ? Ansonsten auch gern am Sonntag. LG Joe

16.01.14 18:10:50: Nelly: Muss noch mal schnell zu Judith und meld mich dann

...

18.01.14 15:02:37: Nelly: Hallo Joe kannst Du mir nachher mal von der Tanke 2 Schachteln Zigaretten mitbringen ? Und wenn du da bist schreib bitte - du weißt Püppi... danke

18.01.14 15:04:23: Joe: Ok mach ich.

18.01.14 15:06:55: Nelly: Danke

... Eintrag aus Joes privatem Sexkalender für den 18.01.2014, 18-07 Uhr: Nelly genießt den Sex mit mir...und ich genieße es auch...lach...wir haben wieder geil miteinander gevögelt...

!!! ... Eintrag aus Joes privatem Sexkalender für den 25./26.01.2014, 19-17 Uhr: Sex-Party – Motto Dschungelcamp – bei und mit Karla !!!...intensiver Sex...lang...ausdauernd...unersättlich ...auspowernd...total leer gevögelt und ausgesaugt...!!!

26.01.14 18:00:30: Joe: Hallo Nelly. Wie war denn gestern der Geburtstag? Bestimmt anstrengend. Mein Besuch auf einer Feier ist feucht-fröhlicher geworden als erwartet. **Ich fühle mich jetzt noch wie erschlagen. Heute hättest Du keine Freude an und mit mir.** Daher schlage ich vor, wir sehen uns an einem anderen Tag. Dir noch einen erholsamen Abend. Liebe Grüße schickt Dir Joe

26.01.14 18:04:03: Nelly: Ja danke... Dir auch.

...

31.01.14 19:17:58: Joe: Hallo Nelly. Ich wünsche Dir einen schönen Abend. Wie sieht es am Sonntag Abend aus? Wollen wir diesen gemeinsam verbringen?

01.02.14 09:56:30: Nelly: War gestern Abend feiern und erst spät zu Hause . Nachher fahre ich mit Judith mal nach Berlin und dann werde ich ja sehen wie ich meine Arbeit schaffe. Es sind ja die letzten Tage vor meiner nächsten Reise

02.02.14 15:04:43: Joe: Na kommst Du gut voran? Sehen wir uns heute Abend vor deiner Reise noch mal? Hast Du Lust?

02.02.14 19:32:11: Nelly: Ja geht - nicht klingeln wegen Püppi

02.02.14 19:31:03: Joe: Ok, dann fahre ich jetzt los.

02.02.14 19:32:49: Nelly: Ja

02.02.14 20:11:16: Joe: Bin da

... Eintrag aus Joes privatem Sexkalender für den 02.02.2014, 20-24 Uhr: Nelly genießt den Sex mit mir...und ich genieße es auch...lach...diesmal galt es, ihr nasses Fötzchen ordentlich durchzulecken

05.02.14 18:47:07: Nelly: Huhu bin heile gelandet.

05.02.14 18:48:50: Joe: Sehr schön Nelly und viel Freude Dir.

05.02.14 18:51:30: Nelly: Danke... 24 grad machen Freude

05.02.14 18:50:33: Joe: Oh jaaa...

12.02.14 11:07:02: Nelly: Liebe Grüße von hier

12.02.14 11:57:54: Joe: Ja danke...wie ich sehen kann, habt ihr ja viel Spaß...weiter so.

14.02.14 16:58:32: Joe: Dir einen schönen Valentinstag Kleines.

14.02.14 19:49:14: Nelly: Ja den holen wir nach... Dir auch noch einen schönen Abend . Waren heute wieder den ganzen Tag auf dem Katamaran - war wieder schön. Rufe dich am Sonntag dann mal an. LG

14.02.14 19:49:38: Joe: Ok Kleines. Bis Sonntag dann....Sehr schöne Delphine...?

14.02.14 21:26:11: Nelly: Ja genau

16.02.14 17:35:48: Joe: Ich hoffe, du bist nun trotz Verzögerung wieder gut Zuhause angekommen. Liebe Grüße schickt Dir Joe

16.02.14 18:16:38: Nelly: Ja alles schön - melde mich später

... Eintrag aus Joes privatem Sexkalender für den 20.02.2014, 19-06 Uhr: Nelly genießt den Sex mit mir...und ich genieße es auch...lach...tief und hingebungsvoll...intensives Sexspiel

... Eintrag aus Joes privatem Sexkalender für den 23.02.2014, 14-06 Uhr: Nelly genießt den Sex mit mir...und ich genieße es auch...lach...tief und hingebungsvoll...intensives Reiterspiel...P.S. zuvor gemeinsamer Kaffee- und Kinobesuch

02.03.14 11:35:29: Nelly: Hallo Joe ich fühle mich heute miserabel - müde und schlapp... ich lege mich jetzt wieder hin. Melde mich später noch mal . LG

02.03.14 11:35:21: Joe: Ok. Mach das. Ruh Dich aus. Bis später.

02.03.14 11:37:50: Nelly: Danke

... Eintrag aus Joes privatem Sexkalender für den 08.03.2014, 15-05 Uhr: Nelly genießt den Sex mit mir...und ich genieße es auch...lach...tief und hingebungsvoll...intensiv...P.S. Zuvor Shoppen

14.03.14 17:35:17: Joe: Herzlichen Glückwunsch. Genieße Deinen Erfolg Kleines.

14.03.14 18:04:31: Nelly: Ja meld mich nachher - bin noch unterwegs

16.03.14 18:41:15: Nelly: Joe , dauert noch ein Moment - mein Sohn kommt kurz vorbei und danach können wir gleich telefonieren

16.03.14 18:40:06: Joe: Ist ok.

20.03.14 18:02:23: Joe: Heute 20.30? Oder lieber morgen?

20.03.14 18:05:53: Nelly: Bin gleich zu Hause - melde mich dann

20.03.14 18:06:38: Joe: Ok.

26.03.14 17:15:18: Joe: Bin dann gegen 18 Uhr bei Dir.

26.03.14 17:16:29: Nelly: Ja

26.03.14 18:08:39: Joe: Bin da

... Eintrag aus Joes privatem Sexkalender für den 26.03.2014, 18-06 Uhr: Nelly genießt den Sex mit mir...und ich genieße es auch...lach...tief und hingebungsvoll...intensives Sexspiel...P.S...was keiner von uns Beiden ahnte...es sollte unser letztes sein !!!

... Eintrag aus Joes privatem Sexkalender für den 29.03.2014, 09-14 Uhr: Arbeitseinsatz....Nelly bittet mich ihr beim Transport eines Möbelstücks zu helfen...dabei lernte ich ihre Tochter kennen...

03.04.14 10:38:53: Joe: Dir einen sonnigen Tag...Lust heute Abend einen frisch rasierten und wohlriechenden Mann zu genießen ?

... Eintrag aus Joes privatem Sexkalender für den 03.04.2014, 19.00- 19.10 Uhr: Anruf von Nelly: Sie möchte dass wir pausieren...unsere Affäre ruhen lassen...da sie ja nun nicht mehr geheim zu halten sei...P.S. Vor ihrer Tochter, die über ihr wohnt, ist unser lustvolles Treiben nun nicht mehr zu verbergen...und dies möchte sie so nicht...Ob ich dafür Lust habe auf ein paar Tage am Gardasee...Aber gerne doch...Princess.

18.04.14 21:12:26: Nelly: Hallo Joe - mir geht es nicht gut und fühle mich schlapp und matt. Lag heute auch fast den ganzen Tag im Bett. Sollte es morgen noch so sein muss ich die Reise stornieren. Es tut mir leid, aber so eine lange Strecke und dann nicht fit - geht nicht. Ich sag Dir morgen Bescheid LG Nelly

18.04.14 21:51:18: Joe: Ok. Ich hoffe, Dir geht es morgen wieder besser. Auf jeden Fall wünsche ich Dir erst mal gute Besserung. Liebe Grüße schickt Dir Joe

... Eintrag aus Joes privatem Sexkalender für den 21.04.2014, 17-18 Uhr: Nelly genoss den Sex mit mir...und ich genoss es auch...P.S. Telefonische Absage der von uns geplanten Reise zum Gardasee.

26.04.14 09:30:13: Joe: Ich hoffe, es geht Dir wieder besser...LG

26.04.14 09:30:54: Nelly: Ja die Woche tat mir gut – danke

28.04.14 10:53:01: Joe: Herzlichen Glückwunsch Dir zu deinem Geburtstag.

29.04.14 11:21:38: Nelly: Danke Dir.

26.05.14 10:05:12: Joe: Ich möchte mich mal wieder melden...Dir eine erfolgreiche Woche wünschen...LG schickt Dir Joe

26.05.14 11:54:05: Nelly: Bei mir ist alles gut - im Moment gibt es jedoch zum Glück viel zu tun. LG Nelly

25.06.14 14:15:06: Joe: Na Du...

25.06.14 21:22:58: Nelly: ...fliege morgen nach Rom

15.07.14 20:11:44: Nelly: Alles Liebe zu Deinem Geburtstag und ein wundervolles neues Lebensjahr wünsche ich Dir vom Herzen Nelly

20.07.14 07:09:47: Joe: Danke Dir Nelly...habe mir Abu Dhabi gegönnt ...gerade bin ich wieder in Frankfurt gelandet...

20.07.14 07:17:34: Nelly: Schön ich kenne das alles

20.07.14 07:18:25: Joe: Dachte ich mir schon...lach

20.07.14 07:22:36: Nelly: Ich sitze grad nicht auf dem Flughafen und warte auf meinen Anschlussflug - es ist Sonntag früh ich liege im Bett du hast mich mit deinen Reiseinformationen geweckt und bin jetzt grad sauer. Bitte lass mich jetzt in Ruhe - war froh heute mal ausschlafen zu können !!!!!!

21.08.14 21:31:48: Joe: Dir einen schönen Abend Nelly...in den nächsten Tagen entscheidet sich , wo ich künftig leben werde...ich bin gespannt.

21.08.14 21:35:45: Nelly: Na da... viel Glück und gutes Gelingen

21.08.14 21:39:23: Joe: Danke...habt ihr jetzt nicht bald Eröffnungsfeier ?

21.08.14 21:41:46: Nelly: Ja im September - es ist alles wunderschön geworden, allerdings arbeiten wir seit Wochen von früh bis spät durch um alles in die richtigen Bahnen zu lenken. Bin irgendwie auch ganz schön breit

21.08.14 21:43:07: Joe: Phantastische Bilder ...habe auch nichts anderes von Dir erwartet...

21.08.14 21:43:30: Nelly: Danke.

21.08.14 21:44:08: Joe: Kannst Du echt und zurecht stolz sein

.

21.08.14 21:45:26: Nelly: Ja bin ich und die Apartments sind auch fast alle vermietet. Stellenweise war es wie auf dem Bahnhof bei uns als alle eingezogen sind...

21.08.14 21:49:25: Joe: Wenn du magst ...schick mir eine Einladung und wenn ich kann dann erscheine ich...natürlich in angemessener Zurückhaltung und entsprechendem Outfit...lach

21.08.14 21:54:06: Nelly: ...

02.09.14 13:16:27: Joe: Sehr schön....wo ist das denn?

05.09.14 19:00:39: Nelly: In Afrika...

05.09.14 19:26:05: Joe: Nett...lach

19.09.14 12:58:51: Joe: Herzlichen Glückwunsch zur Eröffnung...Du kannst echt stolz sein.

20.09.14 03:03:16: Nelly: Danke.

20.09.14 17:25:25: Nelly: Wenn Du magst kannst Du Dir es ja mal fertig ansehen... musst Du mal sagen wie du kannst.

21.09.14 10:03:46: Joe: Guten Morgen....ja gerne...am besten gegen Ende der Woche oder am Wochenende.

21.09.14 10:05:11: Joe: Da kann ich ja dann auch einfach noch mal spontan bei Dir nachfragen...lach

21.09.14 10:17:31: Nelly: ...

21.09.14 18:42:44: Nelly: Na sag mal - ist Dein Handy abgeschalten oder Akku leer ???

23.09.14 08:38:39: Joe: Stimmt...zu diesem Zeitpunkt war mein Akku tatsächlich leer...manchmal schalte ich es auch auf Flugbetrieb um nicht gestört zu werden...

29.09.2014 13.15: Joe:

Hallo Nelly...könnte 14 Uhr losfahren...aber maximal nur bis 17 Uhr bleiben...ansonsten Freitag ab 18 Uhr erscheinen...was denkst Du ? LG Joe

29.09.2014 13.16: Nelly:

14.00 Uhr geht nicht - habe noch Termine...

03.10.2014 18.34: Joe:

Hallo Nelly. Erst mal herzlichen Glückwunsch zum 10 jährigen Firmen-Jubiläum ...ich war doch zu optimistisch, was den heutigen Abend betrifft...stecke momentan noch voll in der Arbeit drin...die mich doch mehr beansprucht als ich gedacht habe...daher wird es heute leider nichts mit uns...hatte mich schon sehr auf Dich gefreut...schade...aber dann ja vielleicht ein anderes Mal...sei mir bitte nicht böse...ich melde mich wieder , wenn's besser bei mir passt.

03.10.2014 18.35: Nelly.

Na was für ein Quatsch - das es heute nicht geht habe ich Dir doch am Montag schon gesagt. Das wusstest du doch - hatte eine Frage in einer anderen Sache , allerdings wollte ich damit nicht warten bis Du Zeit für mich hast. Also lass es gut sein. Wünsche Dir alles Gute

24.12.2014 09.23: Joe:

Liebe Nelly. Ich wünsche Dir ein frohes Weihnachtsfest. Liebe Grüße schickt Dir Joe

24.12.2014 09.25: Nelly:

Ich wünsche Dir auch von Herzen ein besinnliches und friedvolles Weihnachtsfest. Alles Liebe Nelly

P.S. Geht es Dir gut?

24.12.2014 09.27: Joe:

Ja mir geht es ganz gut soweit...nur arbeitsmäßig sollte es in 2015 nun endlich mal anderes werden...

24.12.2014 09.28: Nelly:

Na das wird schon werden, wenn Du es Dir vom Herzen wünscht :-)

24.12.2014 12.29: Nelly:

Was machst Du die Tage? Wollen wir vielleicht am Wochenende ins Kino gehen - kommt grad so ein schöner Film - Honig im Kopf –

24.12.2014 12.58: Joe:

Ja dieser Film ist sehr schön...bin leider über die Feiertage verreist...wir sollten uns aber unbedingt wiedersehen...Anfang Januar ?... Vielleicht am Mi den 7. Januar?

24.12.14 13:37:12: Nelly: Ja das können wir ins Auge fassen, müssen das dann kurzfristig absprechen denn da geht's ja auf Arbeit wieder richtig los...

24.12.14 13:43:15: Joe: Ja so machen wir es...Dir heute einen besinnlichen Heiligabend

24.12.14 13:43:49: Nelly: Das werde ich haben - danke- und dito.